KB024434

최소한의 안녕

이충기 시집

최소한의 안녕

달아실시선
44

달아실

일러두기

1. 본문에서 하단의)는 '단락 공백 기호'로 다음 쪽에서 한 연이 새로 시작
   한다는 표시임.
2. 보조 용언과 합성 명사의 띄어쓰기 등 본문의 맞춤법은 시인의 의도에
   따른 것임.

시인의 말

우리 다시 생각해보자.

점 하나를 과감히 찍을 순간에도

문장은 탄생하고 있다

2021년 여름

이충기

차례

최소한의 안녕

4부

1부

항아리에 모래를 가득 넣었다

모래를 사랑하는 아이가 있다

그는 죽지 못해서 안달이 난 사람처럼 항아리 속에 들어간다 다리를 뻗을 수 없게 작은 틈도 허락하지 않은 곳이 항아리이기 때문에

몸에 두툼한 슬픔을 지고 있는 그는 눈을 비빈다

눈에서도 모래가 등장한다

모래를 씻어내기 위해 잠시 밖으로 나온 그의 얼굴은 반쯤 사라지고 없다

햇빛이 그를 관통할 때마다

산산조각

떠돌고 있는 그의 마음이
이름처럼 다시 뚜렷해질 그 순간을 기다리며
〉

항아리 속으로 다시 들어간다

마우스피스

입에 돌을 물고 있는 개 한 마리가 빈집을 기웃거린다
낡은 기와지붕의 그림자가 개를 집어삼킨다 개는 쉽게 물
러서지 않는다 돌을 물고 있는 개의 입에서 피가 나오지만

무엇인가를 크게 얘기하고 있는데도 불구하고

아무도 알아듣지 못한다

아니,
알아들으려는 사람이 한 명도 없다 그래서 빈집이다

빈집은 개가 울음을 터트려도
꿈쩍도 하지 않는다

가만히 이야기를 들어주는 것만으로도

개가 들어가는 집은 점점 늙고 있다
무성한 잡초처럼
〉

깎아도

깎을 만한 상황이 아니라는 건
이 집이 언젠가 사라진다는 의미이기에

개는 어렴풋이 눈치를 채고

울음을 터트린다
누가 나와서 나를 좀 만져달라고

사랑이 내린다

가위로 종이를 오렸다가 다시 붙이는 과정을 사랑이라
고 한다면
나는 얼마나 많은 시행착오를 손으로 겪었나

손에서 비린내가 났다 코를 가까이 델 때마다
눈이 빨개졌다
내가 바라보는 종이는 다 거울 같아서
빤히 보고만 있는데도

가끔은 흔한 내 이름을 듣고만 있자니 짜증이 나서
빨간색으로 종이를 마구 더럽히곤 했는데

종이 속에서도 창문이 그려졌다
창문 밖으로 무언가가 쿵! 떨어졌다
급히 창가에 기대어보니
땅이 다 갈라질 정도로
이름만 남기고 간 소녀의 몸이
빨갛게 부어 있었다
〉

나는 다시 태어난다면
이름 모를 소녀로 불리고 싶다고
입에 거품을 물면서까지 얘기했다

몸 곳곳을 자르다가 다시 붙인 시간을
사랑이라고 부른 대가로

노트의 탄생

손목을 잘라서 거기에 연필을 꽂아 넣었다 심장이 다시 뛰기 시작했다 연필심이 지나가는 곳에서 언제나 핏줄이 반겨주었고 피가 잘 흐르지 않으면 침을 꼴깍 삼켰다 내가 써놓은 글자가 잠깐 투명해지다가 사라졌다

이런 식으로 노트가 탄생했다

노트를 사간 사람들은 항상 자기 자신을 깎아내리면서까지 무언가를 썼다, 지워냈다 다시 또 쓰다가 그걸 찢어버렸다

이것이 하나의 비밀이 탄생하는 순간이랄까?

그 순간을 하나하나 모아서
스프링에 꽂아두니까

금세 축축해졌다

식은땀이 나는 얼굴에다가

아까 찢어놓은 종이로 닦아냈더니
슬픈 내용으로 쓰인 일기장이
나의 육체를 대신하였다

내 몸은 저릿한 자기장으로 변신했다

나의 뒤

발끝이 희미해지도록 땅을 밟았다
나의 뒤를 졸졸 따라오는 아이 덕분에

나는 자꾸만 주위를
두리번거렸다

누가 내 이름을 계속 부르는 것 같아
뒤를 돌아보면
누운 채로 기도를 하는 아이가
신발 밑창에 붙어 있었다

아이는 아프지 않은 목소리로
손바닥을 맞대었고

아이의 손끝에서도
바람이 불어와
나를 감싸 안았다

나의 몸이 벌벌 떨리기 시작했다

아이에게 상처를 주고 싶지 않아서

아이가 올려다보는 내가
혹시라도
미래를 책임져주지 않을까,
하는 생각도 들어서

두 발이 눈에 보이지 않도록
거리를 질주했다

나와 똑같은 걸음으로
나의 뒤를 쫓아오던 아이는
어느새 몸이 부쩍 커졌고

나는 아이의 미래를 위해
걸음을 멈추지 않았다

그림자가 저 멀리까지 뻗어 나갔다

꽃과 로션

로션을 얼굴에 문질렀다

끈적끈적한 마음이 눈에 들어가니까 손부터 올라가는
버릇이 생겼다

그 손으로 꽃을 꺾을까 봐 두려웠다

꽃은 돌아가는 시곗바늘처럼 우리의 생활 속에 머무르
지만 우리는 그게 어디에 피어 있는지 모르고 앞만 보며
걸었다

누구에게 잘못을 미루지 않고 자기 자신에게 화살을 꽂
듯이

가던 길을 멈췄다

가지가 반쯤 꺾인 나무와 다시 만났다

그 옆에는 꽃도 피어 있었다

어느새 그 꽃을 꺾고 있는 우리도 보게 되는데, 우리 또
한 누군가의 손에 의해 꺾였을지도 모르겠다 따라서 혹시
잘못한 게 있을까 눈치를 봤다 그만큼 크림을 발라서일
까 온몸에 눈물 자국이 선명했다

어디에서부터 녹아내린 걸까

우리는 빛도 보이지 않는 터널 속으로 가자마자 호주머
니를 뒤집었다 남을 울릴 만한 마음이 곤두박질쳤다 따라
서 우리는 어떻게 사랑할지에 대해서 분비물이 가득한 피
부 속으로 촉촉이 젖어 들었다

어느 때와 변함없이 평범하지만,
꼭 비가 올 때면…

비를 피하려고 우산을 만들었다
머리가 젖지 않도록
눈을 쥐어짰다
얼굴이 축축해져야
대비책을 세울 수 있으니

이 세계는 당분간 물로 젖어 있을 것이다 따뜻하거나
시원하거나 아무튼 지나가는 사람 발을 붙잡고 울먹이는
애기와 강아지, 고양이 같은 목숨을 보면 눈이 빨개지는
자기 자신을 보게 될 것이다
　저 사람 제법 유명한 기인이야, 라고
　주변을 잘 들여다보는 안목과 마성이 있다는 얘기를 들
으며
　집에서 수도꼭지를 통째로 뜯었다

　한파경보가 발령 중인 어느 도시 한복판에서
　그걸 무심코 떨어뜨렸다
　〉

(기억을 하고 싶지 않아도 지워지지 않는 게 기억이라서, 나는 계속해서 숨을 쉬고 있다 너희들이 귀 근처에 맴돌아도 죽지 않고 버티니… 너희들을 데려다가 키우고 싶다)

콸콸콸

쏟아지는 바람과
나를 째려보는 사람들

저 새끼 뭐야? 저 사람 왜 저래?

순간 최대 풍속을 견디지 못한 사람들 사이에서 믿음은 금세 얼어버리고
비가 또 내리기 시작했다
도돌이표처럼 길거리를 맴도는 질긴 목숨처럼

같은 생각 같은 곳

안경을 부러뜨렸더니
사이렌 소리가 들렸다
흐릿한 시야 덕분인지 몰라도

고개를 갸우뚱거리는 사람들이
근처에 있는 것 같아서
목을 앞으로 쭉 뺐더니

응급차에 갑자기 실려 갔다

내가 누구인지 궁금해서
누군가가 신고를 한 걸까

내 몸을 해부하겠다는 이유로
내가 나를 잘 모르겠다는 이유로
손목에 링거를 꽂고
천장만 바라봤다

무슨 생각을 해도 무슨 생각에만 머무르고

아무 느낌도 없는 이 감정 속에서
나는
살고 싶어서 주사를 맞았다
처방만 받으면 그만일까봐

뒤도 보지 못하게

우리는 하얀 종이 위에 손을 뻗은 채로 인사를 한다
여기서부터 시작할까?

우리의 생각을 반으로도 나눠보자 나는 내가 바라는 대
로 이루고 싶지 않아서 너에게 붙은 것뿐인데
너는 나를 업은 채로 입을 다물고 있네
앞에 누가 있니? 있어도 모르는 척하는 네가 흘리는 게
머리카락이어서 그걸 주웠더니, 눈에 계속 들어와서 두
번 세 번 깜박이게 돼

네가 무슨 결단이라도 한 것처럼
모서리 쪽으로 간 걸 보게 되는데

나는 오히려 그 모습을 함께해도 네가 있는 곳까지 머물
러 내가 뒤를 돌아보면 항상 네가 모서리 끝에 있으니까

백지

하나도 아프지 않고 무섭지 않은 느낌이 곧 죽음이라는

걸 알고서는

내가 제일 먼저 떨어질 거란 생각은 안 해봤어?

묻는다
추락사의 정의에 대해 다시 고민해야 한다고

그러니까 우리 한 번쯤은, 다리를 걸고넘어지자
함께 종이 밖으로 구르면서
우리가 머물러 있는 곳 안팎에는 무엇이 펼쳐질지
고민해보자

연기

　담배를 입에 물고 불을 붙이는 우리가 앞으로 걸어가야
할 길은 재떨이로 변해 있다 우리는 항상, 이라는 단어가
익숙한 것처럼 팔목을 감싸 안으려는 연기에 빠져든다 순
간적으로 팔에 경련이 일어난다 급히 조용해지는 이 순간
에 대해 입을 조금이라도 열면

　서로의 허벅지에 머리를 대며 눈을 맞추다가

　몸통이 반쯤 잘린 달이
　피를 온몸에 쥐고 오는 듯
　곳곳에 비릿한 냄새가 난다

　눈을 뜨고 있어도
　어떻게 숨을 쉬어야 할까? 고민하게 되고

　발바닥에 압정을 일부러 박아놓듯이
　입술을 쥐어뜯는 시간마저도
　아깝다, 고 말하는 동어의 반복은
　우리 사이를 더더욱 붙게 한다
　〉

어디로 더 가야 할지 모를 때
아는 사람에게 전화해서
나오라고 한다

담배 하나만 빌려주겠니?

말 한마디 하기 무섭게
입에서 냄새가 난다
우리는
산산조각이 난 몸을 이끌다가
땅바닥에 눕는다
차라리 재가 되겠다는 마음으로
마지막 불빛이 된다

불은 영원히 꺼지지 않으려는 마음이라고
우리는 그렇게 배워왔으니까

연기 속으로 들어간다

뜨거운 마음이다

2부

최소한의 안녕

웃었다
웃어야 산다는 말을 들은 것처럼

내가 밟고 가는 길은 웅덩이가 많다

신발이 다 젖을 정도로
물장난을 치는 아이들을 몰래 따라가 보면

강이 보이는데

흘러가는 물소리에 가만히 귀를 기울이는 남자가 어느
새 옆에 있고 울고 싶지 않은 자신의 마음을 물로 표현하
는 그의 뒷모습을 보고
미소를 지었다
이것이 저 사람에게 해줄 수 있는 최소한의 안녕이 아
닐까 하며

당신은 나보다 더 가치가 있고 나처럼 이렇게 살지 않
았으면 합니다
이런 얘기도 얼핏 했다
〉

그 사람뿐만 아니라
어깨를 스치고 지나가는 사람들의 그림자를
함부로 밟으면서까지
각각의 가치관을 침범하기도 했지만
내가 밟고 간 그림자의 주인에 대해
이야기를 들은 적은 있어도
나는 누군가의 그림자가 되고 싶다는 말을
아직 많이 하진 못했던 것 같았다

아이들이 다시 보이기 시작했다

더러워진 자신의 신발로
남이신고 있는 신발을 밟는 데도
까르르 웃고 있는 한 아이가
눈에 띄었는데

괜찮아요 묻는 내 자신이 어이가 없어서
방긋 웃어버렸다

너무나도 활기찬 아이에게 그 남자가 보였기 때문이었다

사이다를 마시면 사이가 좋아질까?

까만 봉고차에 물병을 가득 실은 A가 가장 좋아하는 것은 B의 음료수다 B는 윗옷을 벗어 던지고 냉장고 안에 있는 사이다를 꺼내 들이킨다 그곳에 사이라는 단어를 집어넣으면 A의 물집 잡힌 지문이 찍혀 나온다 너의 목구멍을 책임져줄 물이야, 물이 지나가는 구간마다 기포가 생긴다 이것이 우리의 관계를 의미하고 그만큼 신뢰가 높다는 뜻이기도 하다

A가 들고 온 물병도 꺼내서 벌컥벌컥 마시는 B의 목소리는 활기차다 A와 자신의 할당량이 냉장고 속에서 채워지고 있다는 걸 느껴서일까 목에서 기포가 올라와도 헛기침을 하지 않는 B에 대해 A는 눈여겨보고 있다

따라서 애가 왜 이렇게 변했냐는 어투로 목소리를 높이기 위해 배에서 꼬르륵 소리가 날 때까지 A는 기다린다 마음의 짐을 덜어놓을 줄 알려면 화부터 낼 줄 알아야 돼, 서로 몸을 씻겨본 적이 없는 이유에 대해 함구했던 시절을 원망하며 새로운 사이다를 꺼내든다

〉

B는 A로부터 케어를 받아온 인형이라고 생각해온 탓에, 자기 손에 물만 묻히면 때가 저쪽으로 달라붙지 않을까 고민한다 따라서 이들은 어떤 마음으로 서로를 보살펴야 하나, 이야기를 주고받으며 탄산을 또 보충한다 배가 부글거린다 쉽게 물러서지 않으려는 A와 B의 목소리가 나아가는 순간이다

몸에서 자꾸만 단내가 맴돌아,
이것이 우리의 관계 개선이 아닐까 하는 생각을 A와 B는 하게 된다 그 와중에 B는 A가 먹던 사이다를 다시 빼앗아서 마저 핥아먹는다

내가 너를 사랑할 거라 생각해? A의 남은 목소리가 B의 뱃속까지 들어가서 요동친다 B도 답장을 한다 내가 너를 사랑할 거라 생각해?
질문을 다시 들은 A는
밖으로 나가자마자
봉고차에 몸을 싣고
B는 주섬주섬 옷을 입으며

미처 다 마시지 못한 사이다를
도로 냉장고에 넣어둔다

A가 신고 온 물통의 개수만큼 틈을 넓혀야 한다는 생각
이 B의 머릿속을 장악한다 냉장고를 열자마자 물부터 들
이켜는 B는 어떻게 해야 A가 다시 그리워지고, A보다 A
를 더 사랑할 수 있을지 고민한다 물통이 점점 줄어들 때
까지

A와 B는 사이가 좋은 편도 안 좋은 편도 아닌 지극히
평범한 사이에 머무르게 된다

부활

　머리가 아플 때마다 화장실에 가는 것에 대해 조금씩
의구심을 갖는다 거울을 볼 때마다 드는 생각이다

　어떤 생각을 해야 할지 몰라서 갑자기
　강변으로 방향을 튼다

　강의 색깔은 투명한데
　왜 나만 비추고 있는 걸까

　무심코
　동전 하나를 떨어뜨리자마자
　밑을 향해 직행하는 눈동자처럼
　집 안에 들여놓은 거울 하나조차도
　깨뜨리지 못하는 나는
　나만 비추는 걸 볼 때면
　생각이 많아져서
　내가 나를 죽이려 드는데
　다시 화장실로 간다
　오줌이 마려워도 바지를 벗고 싶지 않아서

괜히 세수하는 것이고
물에 젖어 있는 얼굴을 볼 때마다
강에 몸소 뛰어들었던 지난날 때문에
머리가 더 찌릿해진다

나를 바라보는 저 얼굴은 소름 끼치도록 똑같은데
왜 나는 쟤를 바라보고만 있는 걸까
세 명 만나야 죽는 것일까
그렇다면
거울을 세 개 더 구비해야 하는 걸까

반쯤 금이 간 거울 앞에서
동전을 또 떨어뜨린다

똑같이 떨어뜨린 사람이 화장실에 두 명이 있다는 걸
알기에

나도 모르게
밖으로 또 뛰쳐나간다
〉

혹시 모를 죽음을 각오하기 위해서

아까 갔다 온 강변에 다시 도착해
물을 본다

나와 같은 사람이 그곳에서 숨을 허우적거리다가, 점점
사라진다

이제 여기서 죽어야 하는 건가
그러나 나의 죽음을 지켜보는 사람 아무도 없어서
집으로 들어가는 사람, 나밖에 없는 걸까

나는 죽기 직전까지 혼자일 거란 생각에
집 안에 있던 거울을
모조리 깨뜨린다

다시 살 것 같은 기분이 들기 시작한다

안경을 쓰지 않았으면 좋겠어

누가 자꾸만 선풍기를 틀어놓은 채로 바깥에 내다 버리는 것 같다 사람들이 그쪽으로 계속 몰려든다 온도가 올라간다 자기 이름이 불릴 때마다 고개를 갸웃거리면 바람을 정통으로 맞는다 형체가 보이지 않든 보이든 누군가를 바라볼 때 안경을 꼭 써야 한다는 압박감이 들고, 내가 가장 싫어하는 계절은 여름이라는 걸 깨닫게 된다

바람은 어떻게 만나느냐에 따라 느낌이 다르다

아무것도 보이지 않으니까
눈이 떠지지 않으니까

당장 머리를 가리기 위해 모자를 쓰고
궁금해 하지 않았던 구름의 밀도를 헤아리는 척
창문을 열어놓고 지내면

내 키만 한 먼지가 바람과 함께 들이닥친다
얼굴에 손을 댈 만큼 간지럽다

내가 보고 있을 만한 풍경이 아니니까
〉

비가 오고
번개가 치는 여름을 좋아한다고 말하던 친구도
희미하게 보인다

그는 우중충한 옷차림으로
좋아하는 사람의 손을 잡으며
걸어가고 있다

나는 몸의 균형을 맞추기 위해
그에게서 몰래 짝사랑을 배우고

지나가는 사람들의 표정을 몰래 엿보다가
반성한다

안경을 쓰고 있어도
렌즈에 비친 나는
누군가의 이름도 제대로 부르지 못해
바깥으로 나아가지 못하고 있으므로

거짓말의 행진

삽으로 땅을 팠더니 그곳에서 어머니가 튀어나왔다

침묵에게도 이빨이 있다면 그걸 깨뜨리고 싶다고 얘기하려던 참이었다 나를 여기서 밧줄로 묶어놓은 사람이 부모이니까

어머니는
지나가는 사람 발밑을 간섭하는 그림자

나는 여기서 생매장당하는 기억이 되기 위해 눅눅한 과자 냄새를 온몸으로 풍기기 위해 제 발 저린 채로 땅 아래로 들어갔다

그녀에 의해 무슨 말을 해도 눈을 깜빡이는 순간
흙에게 고스란히 스며들겠지

흙은 처음과 끝을 알리는 행진곡처럼 나를 더 밑으로 끌어당겼다 바삭거리는 소리와 함께 전율이 흐르는 내 몸 속엔 흙이 가득 찼다 이것은 그녀가 나를 위해 준비한 저주이겠지

나도 그래서 어쩔 수 없이 거짓말을 했다
〉

사랑받고 싶어요 희미한 빛을 코앞까지 선물해주세요
여기서 조금만 시간이 지나면 시작이라고 부르는 것들
은 나를 꽁꽁 가둬놓을 테니

끝이 되는 시기가 바로 다시 시작하는 시기라는 걸
마음속으로 깨달았다

어머니는 잽싸게 구해주겠다고 나선 사람처럼 뻔뻔스
럽게 나를 땅 밖으로 들어 올리자마자 빛이 되고 나무 밑
으로 숨어버렸다 나는 엄마를 처음 만나서 안녕이라고 부
를 때보다 이별의 순간에 안녕이라고 말하는 지금이 더
원망스러웠다*

그녀도 나를 사랑했던 것도 모두 다 거짓말 그 자체인
걸까

내가 잠시 들어갔던 땅을 스스로 다시 파서 들어갔다
누구에게도 빛을 보여주지 않으면 나를 찾아주지 않을 거
라는 생각을 가진 채

* Moria Rogers의 명언을 변용함.

유기

길에서 주워 온 동생이 가방에 들어가 있어요
그 가방은 도끼로 난도질당해도 관심이 모자라요
누구든 좋으니 나에게 거즈 좀 가져다주세요
흐르는 핏속에 온몸을 맡긴 동생이 말을 하는데요
그러나 듣는 둥 마는 둥 하는 난 법적으론 형제가 맞지만
그의 보호자가 되고 싶진 않아요
사람들은 말합니다 너는 미친놈이라고,

미친놈이 팔짝 뛰는 꼴 본 적 있어요?

잠 못 드는 개구리를 손에 쥐고 거리를 달리면서
나는 누군가의 귀를 집중적으로 공략하는 소리로 변해요
나의 별명은 헛소리에요
무슨 말이든 해야 너는 드디어 미친놈이 되었구나, 하며
당신이 우릴 빤히 쳐다볼 테니 동생 좀 대신 키워주세요,
쪽지를 남긴 가방을 길 어딘가에 위치한 대문 앞에 두고
기다립니다
초인종 누르는 소리가 들리지 않나요?
〉

딩동!

　마침 쓰레기 분리 수거차가 도착하는 모양입니다
　분리될 수 없는 쓰레기가 문 앞에 있다고 안내문을 부
착하고 가네요
　그걸 떼야 우리 동생을 꺼낼 수 있습니다
　대신 좀 키워주세요,
　나는 이제 갈아 끼울 배터리도 없는 인형이므로
　저까지 키워주시면 감사하겠습니다

아무튼 밤입니다

새빨간 입술로 겨울을 오독하면 내 손도 빨개져요 나는
사람이 아니고 싶어서 마스크를 끼고 얼굴이라도 가리는데

오늘 몇 시에 주무실 예정입니까?

내가 나에게 이렇게 관심을 줘야지
누가 나를 보살피겠어요

아무튼 밤입니다

눈을 꼭 감은 것처럼 검은 물감을 풀어놓고요
여기에 붓을 문지르고
지나가는 사람의 밑바닥에 떨어뜨려요

당신도 밤길 조심해야 하겠어요
호주머니에 손을 꼭 넣은 채
입으로 바람을 모으면
몰래 울고 있을지도 모르는 이 세상 어린아이들이 생각
나니까요
〉

이런 얘기 더 듣고 싶지 않는다면
우리 같이 눈이 빨개지도록
그들을 위해 기도를 하고
밑바닥과 어울리면서 지내요

맨발로 땅을 걷는 건 어때요?
아무것도 보이지 않는 미래에 침을 뱉고 가는 사람들처럼

솜사탕 같은 이불 속으로 들어가는
아이의 손을 빌려서

아이는 시간이 갈수록 사람다워지는 법입니다

그러니까 우리는
좀 더 사람처럼 살아가자는 마음으로 살아가자고요

우리는 입맛이 씁쓸해서
생각을 자꾸 하게 된다

누군가 찢고 버린 공책을
누가 또 주워서, 그걸 깨끗하게 정리하듯이

조그마한 흠도 용납하지 못하는 우린
인간이라는 명분을 얻은 이유에 대해
곰곰이 생각하다가

왜 우리는 인간으로 태어났고
언제까지 살아야 하나, 라는 문장을
완벽히 쓰지 못하는 데 이르게 된다

따라서 마침표를 쓰기 적당한 시간이 된다는 건
눈앞이 컴컴해진다는 게 아닐까

정작 우리가 왜 태어났는지
그 이유를 알기 위해
백지로 머물러 있는 종이 위에
되묻고, 또 되묻는 우리를

스스로 목격하고

죽고 *싶지 않아서 그런가 봐,*
쓸쓸한 자몽의 맛으로부터
머리가 욱신거리는 우리에게
나와 너를 부르는 순간이
이토록 달콤했구나, 라는 걸
다시 깨닫게 해준다

작은 생각은
보태어지는 생각의 양이 많아질수록
우리가 가야 할 길을 안내해주는데

우리의 손이 오락가락하고 있는
종이 위에 울타리가 없다는 건

너와 너라는 인간에 대해
생각이 많아진다는 것
〉

인간은 죽어서도

은밀하게 파고드는 무언가가 곳곳에 있다던데

여기도 마찬가지겠지,

우리는
자몽을 사랑하고
순간적인 쏩쓸함이 입안을 맴돌 때
서로에게 털어놓는 사람이니까

바람의 기분

길게 자란 손톱을 자르기 위해 방문을 걸어 잠그고 땅바닥에 앉는다 문득 엉덩이가 저릿해진다 이 기분은 무슨 의미일까? 나는 누굴 탓할 자신이 없는 사람이어서 혼자 덩그러니 있는데

창밖에서 누가 나를 보며 속삭이고 있다
바람에 몸을 싣고서

커튼에 빙의된 누군가는
내 머리 위에 앉은 채로 노래를 부른다

온 세상이 나를 보고 울어 뜨겁게 움켜쥔 두 손으로 터질 듯한 숨을 참는 나…* 바람이 된 것 같은 착각에 빠질 동안 누가 나를 욕하는 소리도 들린다 따라서 나는 책상 앞에 놓인 의자에 꿋꿋이 앉아 있다

이 구역의 주인은 나다
무언가를 읊조리는 행위는
감정이다

나는 때때로 불안정한 삶을 살아가는 사람이고
몸이 휘청거리는 걸 즐기기 위해
일부러 글씨도 날려 쓴다
바람이 분다
울고 싶어서 우는 거라고 창밖에서 누가 속삭이고 있지만
작은 글씨로 공책 위에 이렇게 쓴다

**바람에 날려 보낸 생각들은 다시 바람을 정통으로 맞아
나에게로 온다 나도 그걸 모르고 싶다**

그래서 나는 하루에 수만 번씩 머리를 감고. 주워 담아
야 할 생각들이 가득한 방 안에서 수건으로 대충 닦아낸다

바람이 또 창가에 부딪힌다
나는 누굴까?
귀가 간질거린다
너라고 가정한 바람 속에서
또다시 노랫소리가 들린다
나는 온몸이 부들부들 떨리기 시작한다
〉

그래 잊고 있었어 넌 이제 없어 난 혼자야 버릇처럼 이렇게 네 모습 찾아 흔들리지…**

자르다 만 손톱으로
글씨를 할퀴는 순간
생각이 퐉, 떠오른다
비듬 가득한 머릿결을 통해
네가 내 머리까지 돌아다니는 것 같으니

나도 누군가에게 설렁 이는 커튼처럼
공허한 사람이 되고 싶다, 생각이 없는 영혼은 자유로울 테니까

* 엄정화, 〈바람의 노래〉 후렴 중.
** 엄정화, 〈바람의 노래〉 1절 중.

Working

실로 그물을 짠 뒤에야 눈을 비볐다

코앞까지 개미가 기어올랐다, 목소리가 떨리는 와중에도
그것을 죽이려고 했다

일하지 않고 뭐하니?

누가 내 멱살을 잡는 것 같아서
눈을 질끈 감고, 다시 떠 보면
개미가 또 보였다

죽음을 쉽게 생각해본 적이 없는데도
내 손으로 직접 죽음을 일궈내는 감각

죽일 타이밍을 놓치면
떼로 몰려드는 개미를 볼 수 있다
다 내 몸에서 나온 것들이므로

손톱을 깎고

발톱은 깍지 않고 내버려둔다

개미처럼 또 언젠가는 자라면, 헤어질 테니까

반복되는 요일,
눈을 감는다
뜬다
다시 감고
뜨는 순간
이별은 느닷없이 계속 찾아오고

그것과 작별인사를 하는 기억마저도
시의 재료로 쓰여서
감사할 따름이다
시로 먹고 사는 나로선,

마성의 책

내가 가장 애장하는 책 위에 립스틱을 두었다 나중에
그걸 가지고 입술에 바르니까 한쪽으로 쏠린 시소가 눈
앞에 등장했다 아무도 거기에 앉지 않으려고 했다

너의 이야기는 듣고 싶지 않아

그 책을 펼쳐서
처음부터 끝까지 읽은 사람들은 많았지만
한 번 더 읽겠다는 사람은 좀처럼 나타나지 않았고

줄거리만 주구장창 얘기해도
책에 있던 주인공이 쓰고 다니던 립스틱 색깔만 떠올려도

너의 이야기는 다시는 보고 싶지 않아,

그를 보고 있는 네 정신이 약한 건
지은이를 탓해야 된다, 고 내가 그렇게 얘기했었다

그렇다고 나 또한 책을 두 번 열진 않았고
〉

립스틱을 바르고 있던 나 또한
똑같이 제정신이 아니었다
벌 받고 싶지 않으니까

차마 소개해주고 싶지 않았던 책 위에
립스틱을 다시 두고
두 손을 모아
기도했다

나는 나라고, 누구에게 나를 인정받게 하려는 압박감에
시달리지 말자고…

각성한 생각

생각의 꾀꼬리를 사냥했다
되돌아오는 길에 맞닥뜨린 돌들은 장애물이다 그것은
어울리는 풍경이고 정성이다

생각을 다르게 말해도 생각이 된다 나는 그런 사람이 되
고 싶다고 말하지만 누구도 그렇게 하라고 시키지 않았다
이것도 생각에 포함된다

왜 그렇게 살고 있나요?
물어보는 사람도 있고, 있으면 좋겠지만 없다는 생각마
저도 생각에 생각을 무는 풍경 그러니까 무슨 생각을 떠올
리는가 하면

나는 뭘 하기 위해서 이렇게 살아왔는가.
뒤늦게 반성하는 사람이 제일 먼저 쓰고자 하는 문장이다

문장은 반성문이 되고 반성문으로 이루어진 문장마다 생
각이 담겨 있다 그것은 굴러들어오는 돌들이자 물음이다
〉

왜 그렇게 생각하는가?

다 나에게 쏘아붙이듯 질문하는 것 같다

3부

재수술

냄새를 맡고 싶지 않아서
일부러 코를 부러뜨렸다

한때 친구였던 녀석이
내가 코가 크다는 이유만으로
바지를 벗기려고 했기 때문에

멀리서부터
걔가 길을 걷고 있으면
저주를 걸었다

저 새끼 옆에 지나가는 차가 있으면 차와 부딪쳐서 지
코나 수술해라

여기저기서
차들이 바삐 움직이기 시작했다

개의 코에서 콧물이 힘없이 나오는 것처럼

차가 갑자기 자기 앞으로 들이닥쳐서

내동댕이친 녀석은
부러진 콧대를 부여잡으며
윽박질렀다

나는 몰래 그 광경을 지켜보는데

사람마다 풍기는 냄새가 다르다고 하지만, 개의 울음소
리가 들린다고 생각하니 이상한 냄새가 나는 것 같아 불
쾌했다

코피를 흘리고 있는 녀석 주변에 아직도 차가 많았다

그걸 보고만 있는 사람들만 계속 많아질 뿐
괜찮은지 묻는 사람은 한 명도 없었다

나는 집으로 돌아오자마자
코에 붕대를 다시 풀고
새로 감았다

걔와 관계없는 사람이고 싶었다

우리 다시 생각해보자

　연필을 발명한 사람들이 무언가를 필연적으로 쓸 때마다 공책을 꺼낸다지 작지만 커다랗게 변질할 수 있는 마음을 필체라고 부를까 우리? 아니 누가 언뜻 손가락이 부러질 것 같다고 얘기하는데 그건 다 엄살이야 우리는 무엇이든 이루고자 하는 소원이 있어서 시를 쓰는 거야 쉽게 알아버리면 재미없잖아 그러니까 이 기분을 해석하자면 물에 젖은 그림을 손에 쥐고 다니는 당신이 찍힌 사진을 떠올리며 손가락을 자르는 거지

　당신의 머리가 베개를 누르고 있을 때

　우리는 당신이 살아 있나 죽었나
　머리카락을 잡아당겼다

　인기척 때문에 부스스 깬 당신이 하는 말
　너희들은 왜 태어나자마자 손이 달린 거야? 건방지게

　우리는 말을 하지 않는 식으로 반항했지
　찌르면 피 한 방울 안 날 것처럼

손가락이 잘려 나가도
이름 모를 누군가가 혀끝을 차며 욕을 해도

우리 다시 생각해보자

칼로 손가락을 동강 낼 만큼
여러 스타일의 시를 구상했던 날

슬픈 건지 두려운 건지
아무도 예상하지 못할 이야기 속에서

온몸이 축축해진 당신이
또 죽었나 살았나 놀랐나 기절했나
그걸 확인하기 위해
우리는 손끝보다 더 날카로운 생각으로
시를 썼다

당신은 우리가 생각하기 위한 재료 중 하나니까

돌덩이 작문

내가 걷고 있는 땅은 돌로 만들어졌고 돌길을 걷는 내 발소리에도 또각또각 소리가 난다 백지에 글씨를 감춰버린 날들이여 나는 손과 발끝이 향하는 곳마다 굴러다니는 돌덩이다

차마 머리에 돌이 들어가 있다는 얘기는 못 하겠지만 벌벌 떨리는 손으로 말을 꺼낸다 *나는 지금 무슨 얘기를 해야 할까*, 하며 말귀를 못 알아들었던 날들

또각또각 돌길을 걷는 와중에도 돌이 하나 굴러들어온다 길을 잃어버린 글의 마지막 종착지인가 당신이 무심코 부러뜨린 연필 한 자루인가

그것은 나를 어떻게 설득시키려고 하지 않고 이해하려는 편집자처럼 데굴데굴 따라온다 마침표의 얼굴을 어디선가 닮고 와서는

점 하나를 과감히 찍어버리는 문장이 되고 단어가 되고 감정 부호가 된다

먼지도시

여태껏 모아놓은 먼지가 바닥의 재료로 변신하는 시간을 새벽이라고 부르는 게 어떨까? 바깥은 온갖 것들의 낮*으로 붐비고 또 붐벼서, 어둡게 살아가지 않으려는 우리의 마음이 도로를 질주하고 있어 우리는 누군가가 한 치 앞도 보이지 않는다는 식으로 버린 손목시계를 기피해 그것을 단 채로 우리에게 나타난 누군가는 지금 당장 네 삶을 포기하는 게 좋을 거야, 망언을 퍼붓는데

  우리는 무릎이 없어질 때까지
  누군가에게 고개를 숙이고
  잘잘못을 따지기도 전에
  욕부터 들어야 했기에

대체될지도 모른다, 는 문장의 실효성을 굳이 따지기 위해 우리가 보여줄 수 있는 이미지의 한계는 없다는 걸 증명하기 위해 제일 높은 빌딩 옥상으로 올라간 **우리는 살지도 않고 죽지도 않는다****는 걸 보여줄까?

세상에서 가장 쓸 데 있다고 믿는 고민을 할 동안

말릴 생각이 없는 도시는
도로 곳곳에 차들을 배치해두는데

그 안에는 운전대를 잡고 누구 하나 칠 것처럼 페달을
밟는 사람으로 북적이지

아무것도 생각하지 않으려는 것처럼
멀쩡히 매달리거나
똑바로 서 있는 신호등만이
먼지가 집어삼킨 도시를 일일이 깨워주고 있어

우리는 누가 저 밑에서 부르는 것 같다고 온몸을 아래
쪽으로 굽히면 온 세상이 전부 우리 것이 되는 것처럼 짜
릿해

한 번도 내다보지 못한 세상은 우리가 가지고 있던 풍
경은 아니었기에

자,

이게 바로 너희에게 줄 마지막 선물이야 더 말도 안 해
도 되고 움직이지 않아도 돼

누군가의 얘기가 끝나기도 전에
사람들의 시선이 느껴져

빨갛게 변한 먼지 구덩이 속에서도

스스로 일어설 수가 없는 마음이 무엇인지
땅바닥에 계속 눕고만 있는데
그것은 죽음이야, 라고
지나가는 사람이 침을 뱉고 있어

* 유계영
** 임경섭

넓이

박스를 만들려면 종이가 필요하지 그런데 접을 종이가 없어서 모래라도 들었다? 그랬더니 힘이 저절로 빠져버렸어 급격히 아래로 추락한 내 눈은 어느새 바닥만을 응시했지

너 어디로 가고 있니?

커다란 박스를 들고 나타난 청년이 내게 묻는 말

이것도
질문이라고 할 수 있나

그러니까 여기저기서 봐도

청년이 들고 온 상자처럼 네모난 건물들이 줄을 서 있고
내가 있는 곳까지
어정쩡하게 따라왔어
질문은

누구나 듣지 않아도 되는 사람의 물건 같은 것

무한대의 질량으로 늘릴 수 있는 것

따라서 누구의 얘기부터 들어줘야 할지 막막했다

너무 많아서

나도 지금 내가 어디로 가고 있는지 모르겠어

말하는 순간까지도
무수히 많은 박스가 열리는 소리

그러니까
너 지금 어디로 가냐니까?

그 답을 찾기 위해
나도 누군가에게
박스를 들고 있는 청년일지도 모르겠다

넓고 넓은 땅 위를 왔다 갔다 하는 물건

무겁다

어깨를 들썩이면 피가 난다 아프다고 말을 해도 믿지
못하겠다는 반응을 보면 무슨 얘기를 해야 할까

생각을 손에 쥐고 다니는 사람들은 무거운 짐이 곧 별
명이다

누군가가 나에게
무거워 보인다고 말을 하면

진통이 온다

안경으로도 미세한 떨림을 관찰할 수 있다면
그것은 곧 불행이다

아주 작고 조그맣고 사소한 것도 불쾌해질 수 있다는
감정

무엇이든 저주를 내릴 수 있다는 예감
〉

아직 살아 있음을 느끼는 것, 또한
무거움 그 자체이다

진통이 온다

누군가가 나의 어깨를 툭 치고 도망간다

나는 털썩 주저앉고
목 놓아 운다

나의 모든 것을 들킨 것 같아서

얼어붙은 마음

얼음 가득한 병에 생수를 부었더니
내 손이 얼어버렸다

내가 쥐고 싶었던 것은
사랑받기 원하는 인형이다

인형은
물을 마시지도 사랑이 뭔지도 잘 모르지만

냉장고에 넣어둔 생수를 꺼내 마시면
내가 인형이 된 것처럼
누군가에게 보호받고 싶어진다

우리는 떼어낼 수가 없어, 라고
인형을 쥔 내가 말한다

나는
다한증에 걸린 환자이다
〉

땀이 폭포수처럼 떨어질 때
마음을 좀처럼 녹이지 않던 인형이
냉장고에서 나오는 순간
얼어버린다

금이 가는 사랑을 원치 않아서
우리는 함께 시원해지고
서로의 몸에 살갗을 닿는다

우리는 우리의 온도를 책임져주는 관계이니까
밖으로 나오지 않는다

너의 얼굴이 녹아버리면
다시는 볼 수 없을 테니까

하나의 몸

우리에게 주어진 손과 발은 하나도 포개어질 수 없고 강제로 맞닥뜨리지도 못한다 이것은 현실이다 그런 생각을 속으로만 하던 너는 털썩 주저앉는다 어느 곳에서든

네가 나를 쳐다볼 때마다
나는 네가 일어서는 순간을 떠올린다

알 수 없는 감정이 등장할 때마다
노랗게 익은 고구마를 꺼내서
껍질을 벗긴다 이것이 마음이다 땅속에 갇혀 있던 기분을 손으로 꺼내드는 일 너무 밝아서 무슨 얘기를 하고 싶은지 알 것 같은
기억
너는 알고 있니?

오늘은 울면 안 된다
내가 너의 힘이 되어줄게

네가 나에게 힘을 보탠다면

나도 너의 마음을 더 벗길 테고

그 말을 듣는 너에게도 손과 발은 달려 있다고

다시 내가 맨몸으로 설 수 있도록
소원을 빈다

그것이 서로를 위한 선물인 걸 알므로

포크를 들어 올리는 너의 표정을
까먹지 않으려고 해

1

조용한 밤이었지
우리가 서로에게 원하는 작고 큰 소망을 종이에 써놓고
는
아무도 들키지 않게 그걸 도로 삼켜버렸잖아

2

멀쩡한 눈 코 입 다 가질 때까지
부드럽게 반죽이 된 케이크를 서로 노리고만 있을 때
그 안에 네가 나에게 원했던 것들이
숨어 있는 건 아닐까
나는 너를 더, 너도 나를 더 사랑한다는 이유로
정돈되지 않은 입술을 택했잖아

3

바스락바스락

소리가 울려 퍼지는 구간에
너와 나의 눈동자가 있어
언뜻 보면 하나로 보이기도 하는데

잘 모르겠다
알 수 없어서 뚫어지라 보네
나는 너를, 너는 나를
사랑해야 하니까

4
포크를 다시 들어 올린다
허공을 아무리 찔려보아도
피 한 방울 나지 않는 우리의 관계

이대로 괜찮은 걸까
물어보는 표정

감히 상상도 안 가서 단맛만 나는 거야, 라고
케이크는 우리를 그렇게 보는 것 같아

달콤한 냄새가 진동하네

우리의 소망이 이루어지는 걸까?

앨범 같은 벽

　벽을 지나가도 벽이다 벽은 하나의 밧줄이다 손을 짚게
하는 아버지의 솜씨다 어디 가든지 나를 부르게 하므로
나는 그와 한방을 쓴다 *언제까지 같은 방을 써야 해?* 불
만을 가지지 않아도 벽 위에 사진이 걸쳐 있다 사진 속에
아버지가 앉아 있다 방 안 가득히 불어오는 바람같이 아
버지의 숨소리는 벽과 벽이 만나는 곳마다 착지할 줄 모
르고 벽장 속에 박혀 있는 앨범이 되기 위해 웃고만 있다
나도 따라서 미소를 짓는다 *카메라 렌즈가 무서워,* 말하
지 않아도 그의 말씀을 까먹을까 봐 벽에 압정을 박는다
네가 일어설 때마다 마주하는 벽은 아버지란다 이제는 손
으로 보듬어줘야 잘 떨어지지 않는 아버지이기에 내가 일
어설 때마다 마주하는 벽은 아버지다 *아버지는 벽처럼 내
손을 잡는 것 같아,* 라고 믿게 해주는 그가 나를 또 부르
는 것 같아 뒤를 돌아보면 어김없이 벽이다 고개를 아무
리 흔들어도 벽밖에 안 보여서 눈에 눈물이 글썽인다

고픈 마음

　배고파서 물을 연거푸 마셨지만 배가 쉽게 꺼지는 바람에 냉장고 문을 열었다

　꺼내야 할 반찬들이 밀폐 용기에 담겨 있었다 날이 찜통더위인데도 반찬들을 만져보니 쌀쌀했다 시체가 담긴 관을 보관해놓을 묘소같이 보였다

　밀폐 용기를 열어보았다 냄새가 났다 나는 내 손가락으로 지휘하며 젓가락 행진곡을 불렀다 젓가락이 오갈수록 배고팠다

　여기는 배부른 생각이 안 날 만큼 으스스한 곳이구나

　이대로 배고파서 굶어 죽진 않을까

　먹잇감을 사냥하는 동물의 눈동자처럼
반찬에서 눈을 뗄 수 없었다

　오래전에 내가 담근 김치가
그곳에 담겨 있었다

　나를 삭히는 중이었다

히키코모리

대야에 담긴 물속에서 비누를 보았다 물에 젖은 그것을 만져보면 눈의 흰자위가 튀어나오고 손가락이 부러질 것 같았다 검은 콩만 한 털들로 뒤덮인 피부가 빨갛게 부어올랐다 이윽고 나는 물속으로 뛰어들기 위해 외딴 섬에서 온 방랑자처럼 부라부라 옷부터 벗고 수도꼭지를 틀었다 거울에 비친 나는 샴푸로 머리를 감고 있었다 무척 반가웠다 이제부터 당신은 나의 분신이야, 하면 나의 등 뒤에서 몰래 안고 도망가는 당신 때문에 온몸에 빨간 대야를 힘껏 휘두를 수 있었다 그래서 나는 당신이 어디에서 왔는지 몰라도, 자꾸만 거울 속에 들어가 알몸을 드러냈다

히키코모리라는 단어를 아세요? 물어보고 싶지만 당신은 히키코모리입니다, 라고 말할 것 같아서

나는 당신을 멍하니 보았다 거품을 물리게 하는 당신 아가리 덕분에 거울에 비친 당신을 보고도 말을 하지 않는 나는 죽었습니까 살았습니까, 묻지도 못했다 혹시 이것까지 따라할까 싶어 나의 배꼽 밑에까지 꼼지락거렸다
〉

히키코모리는 히키코모리를 알아본다고
당신을 바라보는 나의 얼굴은 불쾌해지고

급히 수건으로 성기를 가리는 내가
거울 속에서도 보였다

진금이

쇠 냄새가 나는 기억을 인쇄해놓은 밭은 종잇장
한껏 그어놓은 획으로 이름을 새겨놓았지

나는 이곳에서 태어났어

여기는 꽁꽁 얼어붙은 금에서도
강물처럼 흐르는 세월이 무르익고
냄새 맡고 달려오는 아이들에게서
정겨운 글자가 유행하는데

글자를 듣자마자
등을 돌리는 아이는
금빛 나는 이름을 가진 채 태어났다

부모가 금속활자의 유년이어서
나는 진금이야, 라고 떠들었지

진금이라는 이름을 가진 아이들은
모든 만물을 거슬러서

활자 밖으로 펼쳐진 길거리에서
오래된 쇠 냄새를 풍기지만

이상하게 보는 사람 아무도 없었네

금이 부착된 글자 사이로
누군가가 또, 태어났어

아기가 금빛 이름을 갖는 순간이야

슬픈 맛 통조림

통조림을 병따개로 따는 우리는 귀를 후벼야
너의 목소리를 들을 수 있을 것이다

우리는 네가 전화라도 걸어줬으면 하는 마음으로 면봉
을 찾는다 이 장면은 결코 끝나지 않는다 닫히기 직전의
열차 문 앞에 서 있는 귀머거리 부모의 심정을 아는가

입이 달려 있어도
무조건 말을 할 줄 아는 것은 아니다

너의 지저분한 방을 선뜻 정리할 수가 없어서 먼지 하
나하나씩 주워 귓구멍에 쑤셔 넣을 뿐이다
눈 속에 기름이 들어가듯이
화구 위에는 프라이팬을 놓는다
눈물이 자글자글 튀도록
손잡이까지 데운다

네가 문고리를 돌릴 때까지
프라이팬이 달궈지는 소리와

타는 냄새가 우리를 감싸 안다가
폭발한다

입이 달려 있어도
무조건 말을 할 줄 아는 것은 아니므로

지하

밤이라는 글자를 믹서에 넣었어 환멸이 난 어둠들이 풍
선처럼 부풀었지 이것이 너와 나 사이를 가로막던 울타리
야 여기서 나무 여러 그루를 심고 나무보다 더 큰 집도 지
었지 서로 얼굴도 보지 못해서 안달이 난 우리는 각자 서
로의 이름을 부를 수가 없었네 야, 로 시작한 첫 대사는
앞으로 우리가 가지게 될 이름이었고 남이 부르는 글자
수에만 집중하는 시간에는 헝클어진 머리칼에 칼을 꽂았
지 피로 얼룩진 풀밭이 거기서 막 튀어나오는 거야 마치
우리가 뛰어놀았던 장소마냥 지하 속에서 잠들었던 도시
가 우리 손에 의해 탄생해 뇌를 세척하고 깨끗이 씻겨나
간 핏물만큼 우리라는 기억을 온몸으로 끼얹은 우리는 서
로의 이름도 제대로 알지 못해서 남몰래 또 자살했지 잠
을 자지 않는데도 밤은 저절로 오고 도시의 지하 속에
서 잠든 우리의 이름은 납골당에 새겨졌어

4부

거짓은 풍부하다

가로수를 건너다가 아래로 떨어진 사람이 내게 신호를
보냈다

여기가 죽을 곳인가 봐요
죽어서 재가 된다면 여기서 뿌려지나 봐요

이상하게 맑은 목소리가
귓가에 울려 퍼지는 순간

『*아래로 떨어졌던 사람이 머리부터 다친 탓에*
제 이름도 모르고
어디로 가야 집에 도착하는지도 몰라서
바다에 뛰어드는 한 장면을
내가 대신 재연해줄게』

테두리에만 밝게 칠하는 화가처럼 우리의 직업은 화사한
겉모습과는 달리 말라비틀어져 있는 실상을 보여주었다

따라서
사람에게 뒤따라오는 죽음도 직업이라면

개가 사람의 사체를 발견하면서부터
나를 향해 신호를 들었던 그 사람은
어디냐고
내게 묻는 것 같은 표정으로 꿋꿋이 버티는 게
마냥 이상하진 않을 것이다

옆에서 개가 멍멍 짖어댔다
이것은 현실이었다

누가 이 사건에 대해 말하다가도 다 개소리인 것 같은
느낌

옆에서 개가 멍멍 짖어댈 동안에도
우리는 숨을 쉬고 있었다

누군가에게 신호를 보내기 위해
조만간
죽으러 가는 곳을 선택해서
돌고 있었다

도넛을 입에 무는 시간

너의 방에 들어가 도둑질이라도 해야 할까 네가 키우는
고슴도치의 몸을 어루만지며 가시에 직접 찔려봐야 될까
깎다 만 손톱으로 네 뺨을 할퀴어봐야 할까

분명 마지막이 아닌데도 마지막으로 생각해야 할 것 같
은 예감

입을 열어야 될 것 같아서
가장 좋아하는 도넛을 물었다

맛있는 걸 먹어야 기분이 풀리지 않겠어?

말도 하지 못하게
침만 꼴깍 삼켰다

너도 입에 마우스피스를 문 것처럼 꿈쩍도 하지 않는데
너의 가슴속을 해부해서 심장을 꺼내 봐야 할까

어떤 마음가짐이 진짜고 가짜인지 판명할 수 있다면
〉

좀 더 편안하게 생각할 텐데
나는 문득 동그란 입술이 우리에게 어울린다고 생각해서

너의 취향에 맞는 도넛을 구해 입에 물게 했다

입안에서
달콤한 냄새가 났다

계속해서 떠올랐다

우리는 처음으로 돌아가기 위해 마지막을 미루는 거라고

롤러코스터

목구멍이 열리는 너에게 어울리는 풍경은 롤러코스터
다 너는 다급히 소리를 지르는 능력을 갖추고 있다 바람
이 황급히 너를 보살펴주는 동안

두 손으로 얼굴을 가리고 머리를 부여잡는다
내가 지금 왜 여기로 가고 있는지
아무도 물어보지 않는다

성급하니까
너도

아무도 대답을 해주지 않기 때문에
나무늘보가 되는 상상

나무에 매달리는 동안
밑을 봐도
무섭지 않은 공포를 바라지만

나무에서 떨어지자마자

결코 안심할 수가 없어서

다시 올라갔다 내려갈 때까지의 해동 과정은 불안

돌멩이가 굴러다니는 도로를 맨발로 걷듯이
너랑 함께 고함을 지른다

얼어붙어 있던 세세한 마음마저 바람에 또 휩쓸리며
무너진다
만약 플러그에 꽂혀 있다 하면
전기가 통할 것이기에
온몸이 빨갛게 올라오는데도
귀가 먹먹하고
눈물도 흘리는 걸 보아하니
우린 아직 살아 있는 게 틀림없다

고통은 우리의 고백 – 르네 마그리트의 연인들*

모든 사람이 평등하다는 생각에서 나온 사랑**을 알기 때문에
　나처럼 눈을 동그랗게 떠도
　희미한 얼굴을 가진 사람이 바로 앞에 있는데요

　흰 천으로 얼굴만 가린 당신에게
　이름을 물어볼 때마다
　굳게 닫힌 입술만 보고 돌아서는 나의 몸도
　똑같이 투명해져요

　제 표정이 혼란스럽거든요
　그러니까 우리는 솔직해져야 돼요
　서로의 입술에 천천히 접근하는 식으로

　병을 앓고 있을지도 모르는 당신과 마주서면
　나도 사라질 것 같아요

　알 수 없는 병명을 진단받아

곧 죽을 운명인 것처럼

고개를 어떻게든 숙이려고 하지만

당신은 어쩐 일인지
나의 입을 덮치고야 마는데요

가까이 있는 사람이 제일 무섭다는 걸 아나요

우리는 우리의 얼굴이 아니라
보이지 않는 자태를
사랑하는 거예요

*
** 묵가

어머니는 아직도 내 밑에 있었다

새로운 집으로 이사를 와서 한 번도 열어본 적이 없는 장롱을 열어보았다 무슨 정신력이었는지 몰라도, 콧구멍을 막으려다가 급히 입을 가렸다

누가 여기에 낡은 책방을 모셔둔 거야?

투명한 안경을 쓰고 있는 나의 머리를 한때 쓰다듬었던 어머니에게도 사랑했던 무언가가 있었다는 걸

잠시 내 곁에 있다가 떠난 사람이
이곳에도 숨어 있었다는 걸

한꺼번에 알게 되었다

와르르
생각이 쏟아지고

안경보다 더 투명한 그림자가 밑에 잠복해 있다가, 조금씩 쌓아올린 책들처럼 어느새 길쭉해진 너에게 이제야

들킨 거라고 그녀는 재차 얘기하는 것 같았다

　겹겹이 모아놓은 이불보에서도
　진한 냄새가 나는데

　이불 하나를 꺼낼 때마다
　그녀의 혼이 딸려 나왔다

　머리와 다리가 삐져나오는 그녀의 시간을 온몸에 두르
니 졸음이 쏟아졌다 곧 만날 수 있을 것 같다는 생각에 설
렜지만

　심장이 두근거리기 시작했다

　너는 더 살아야지,
　그녀의 목소리가 들리는 것 같아서
　급히 장롱 문을 닫았다

　새로운 체험이었다

바람개비 소년

이어폰이라고 말하고 눈을 감아보았다
캄캄하지만 귀가 잘 들렸다
누가 내 귀에 이어폰을 꽂았는가

나도 모르게 바다 앞까지 달려와서 발을 헹궜다 나는
바다를 좋아하는 사람, 좋아하는 사람에게만 두둥실 맴
돌아서 나의 별명은 바람개비로도 불렸다

바람개비는 혀가 감기는 입속처럼 물이 가득 담겨 있어
야 했다 누가 호호 불기도 전에, 입술 사이를 비집고 올라
오면 빙글빙글 돌아갔다 그것은 나의 활기찬 마음씨로도
불렸다

마음은 만질 수가 없었다 바람으로 모셔둘수록 입가에
살랑대는 물결이 나의 손바닥 안팎에 놓여 있었다

손을 흔들어보았다 내가 움직이고 바람개비가 움직이
고 있다고 사람들은 즐거워했다 나는 파도에 휩쓸릴 때마
다 음표 같은 부표를 띄우고 사람들은 아무에게나 들키

지 않게 이어폰을 끼고 자기 위치를 선포했다

내가 얼마나 당신을 사랑했는지
잘 들릴 정도였다

눈사람과 나

당신에게 팔을 뻗으면
낡은 나뭇가지가
손바닥 안으로 들어온다
몸에 아무것도 매달지 않은 탓이다

나는 처음부터 사람이기 때문에
눈사람으로 불리는 당신을
이해해야 한다

말하지 못하는 병을 가진 것처럼
우리는 서로에게 눈빛만 보내고

당신의 머리에 기꺼이 손을 대면
하얗게 변한 정이 잡히는데
그걸 굳이 떼려고 하지 않을 것이다
살고 싶다는 증거니까

당신은 눈으로 뒤덮인 땅이 되어가고
나는 입과 코를 가리며

천천히 발자국을 남긴다

얼마 없던 나뭇잎들이
땅 위로 슬슬 떨어진다
우리가 좋아하는 계절은
겨울이 아니었던가,
그런 생각이 많아질수록

무언가가 더 없어지는 당신의 몸에
오래 있고 싶다는 마음으로
뛰어다닌다

네가 입을 열 수도 있을 것 같아서

올 겨울은 혼자 있는 게 부끄럽다고
말할 필요가 없을 것 같다

무슨 일 있다고 말해줄래? — 이름을
알 수 없어서 가만히 있다

문에 자물쇠를 설치해둔 기분이야

한 발자국도 나오지 않는 너에게
내 방으로 놀러 오라고 말을 해도

먹다 남은 콜라의 탄산이 계속 떠올라

왜?
기분이 확 좋아지다가
스스로 불안해하는 엄마가
너에게 붙어 있거든

너의 별명은 앞으로 콜라야!

속이 더부룩해질 때마다
떠오르는 생각

무슨 일 있다고 말 좀 해줄래?
〉

언제부턴가
외워두고 있던 네 이름이 생각이 안 나서
네가 좋아하던 음료수가 콜라인 건 기억해

엄마도 콜라를 좋아했었지
그러니까
속에 담아둔 게 많았던 걸까

나의 이름은 아무개야, 네가 내 이름 좀 지어줘….

너 자신을 지칭하는 단어를
새로 언급해줄 때

기포가 확 떠오른다

거품과 거품이 만나면 사라지듯이
나도 누군가에게 잊히는 사람이 되어가

목구멍에 가시가 돋으면 눈물이 나와

나는 한순간에 자기 이름을 잃어버렸다
밧줄로 내 목을 묶어놓고 떠난 사람 덕분에

나 언제 태어났어? 몇 살이야?
물어볼 틈도 없이
도끼로 지나가는 사람 발바닥을 찧고 싶다는 생각이
들었다

내가 서 있는 곳마다 사람들은 도망가기 때문,

빨간 신호가 온 주변을 얼어붙게 하는 도로 위에서
목구멍에 가시가 돋은 나는 조만간 차에 치였다

이로써
피가 나오고

힘이 저절로 빠지는 내 몸을 누군가는 차에 달린 바퀴
가 되어 밟아주었다 이것이 너를 핥아주기 위한 방법이지
〉

그러던 와중에도 언뜻 숨이 붙으면

누군가가 큰 소리로 야옹거리면

세 번 이상 눈을 깜빡이면 쟤도 우리와 같은 동족이구나, 난 너를 해치지 않는단다 그런 마음가짐으로 내일을 마주하는 나는 목에서 피가 나와도

또 다른 차바퀴에 밟혀도

눈물 나오는 연습을 하고 싶지 않아, 마음을 단단히 먹었다
어차피 눈물은 나오게 되어 있으니까

생각이 풍부한 아이는 손가락질을 당한다

승강장으로 걸어가는 아이를 보았어 걔 숨소리가 고르지 못하다는 것도 지나가는 사람이 걔를 향해 손가락질하는 것도 우연히 보았어

걔 이미지가 원래 그래
내 친구가 하는 말

그것참 억울하지않니?

내가 너한테 하고 싶은 말이었지만 차마 할 수 없어서 마음속으로 내뱉었어 겨드랑이에 책을 여러 권 끼고 다니던 걔의 머릿속에 직접 들어가 보진 않았지만

얼마나 풍부한 생각들로 꽉 차 있을까

그런 생각을 하는 나도
머릿속이 복잡해지고

너랑 같이 걸어가는 거리마다 개 그림자가 보이는데
〉

사람을 못 믿어서 차라리 죽고 싶다는 사람의 심정을 알 것 같아 너 그거 알고 있니? 네 손에 있는 우산도 접었다가 펼쳤다가 하는 것처럼 내 기분도 쥐락펴락할 수 있다는 걸

나 오래 못 살 것 같아
이 기분은 절대 평범하지 않지만
흔하게 쓰이기도 하는 말인 것 같아서 쓸쓸해

개도 이런 심정이랄까?

때마침 개가 우리 앞을 스쳐 지나가고 나는 개의 뒤를 졸졸 따라다니다가 못 볼 꼴을 보고야 말았어 신호등이 빨간 불을 가리키고 있는데. 아랑곳하지 않고 지나가다가 차에 치이는 개를 내 눈으로 직접 보았거든

개에게 말도 걸지 못하고
죽음을 준비해야 하는 나도 개에게 빙의된 것 같아 무서워
  〉

나도 너에게 손가락질을 당하고 있다

생각이 많아지는 것 같아 너무 좋아

모르는 일

부드러운 천으로 안경을 닦아보니
네가 튀어나왔다

짙은 향수 냄새, 때가 낀 손톱, 며칠 갈아 신지도 않은
양말… 모두 다 너를 떠올릴 만한 이미지였다

*

오늘 며칠째 목욕을 하지 않았던 너의 세계는 차가 지
나가도 무의미하다 도로 한가운데 바리게이트가 설치된
이후론 아무 얘기도 하지 않고 발만 동동 구르는 운전자
의 뒤태가 아주 쉽게 보인다

운전면허증 왜 땄니?

… 스무 살 되면 다 따던데요

정말 의미 없고 부질없는 날들만 너의 목덜미를 잡을
것 같다
〉

*

가위, 바위, 보!

*

같은 거만 내는 우리 둘도 부질없어한다
이 세계에서 언제쯤 탈출할 수 있을까
네가 말했다
우리는 죽어서 다시 태어나야 한다고

*

같이 더러워지는 이 세계에서 우리는 서로를 사랑하는
법을 모른다 어차피 다 똑같은 생명체에 불과하니까…
미련을 버릴 줄은 아는데
어떻게 가지게 되는지는 모르는 일
참 부질없는 일

*

교통사고가 났다
처음으로 네가 이겼다

114

어떻게 할 바를 몰라서 처음으로 다른 것을 낸 나로서는 기쁜 일이다 너의 다른 모습을 보게 될 줄이야! 너무 기뻐!

하지만 우린 아직 사랑하는 관계는 아니야
바깥을 보니
아직도 뒤에 밀려 있는 차들이 많아

*

저 멀리 보이는 차들을 보며
안경을 다시 벗었다

김이 올랐다 또다시 네가 떠올랐지만 너의 다른 모습을 본다고 해서 그렇게 기쁠 일도 아니었다

오늘도 네가 몰라야 하는 일이었다

하늘 아래 가장 슬픈 기록*

발을 조금이라도 움직이면
총성이 들리는 땅이 있다

태극기가 휘날리는 토지가 코앞에 보이면
배고파서 죽을 것 같다는 생각이 들지 않는다

배고픔이 보급품으로 환전될 때마다
두만강을 건너려던 사람들
끈질긴 허기만으로는
보위부의 추궁에 빠져나오지를 못한다

이따금 죽을 것 같다는 생각이 절로 든다
길지도 않은 손톱이 바싹 깎일 때

보위부는 손에서 흘러나오는 피를
먹으라고 다그친다

쥐가 달려와서 냉큼 피를 핥고 간다
구덩이에 들어가도

사람들의 인권은 쥐의 먹이로 쓰인다
공화국 국기를 찢은 어느 한 집에선

곡괭이로 열두 시간씩 땅을 판다
하늘 아래 가장 슬픈 기록들을 손에 쥔 채
통일기**를 양껏 휘두를 다음 후손을 위해

* 북한교화소에 직접 복역한 31명의 탈북동포 증언, 증인들이 직접 그린 그림.
** 남북 체육 회담에서 남북한 단일팀을 상징하기 위해 만든 깃발.

베개싸움

베개를 턱 밑에 놓았더니
털이 자랐다

나를 스스로 복제한 것처럼
잠에 쉽게 들지 못한
눈물 자국으로도 보이는 그것은
나를 뒤척이게 했다

누가 내 몸을 계속 누르는 것 같아

다시 기상하는 시간이 오면
눈을 쥐어짜듯이 비벼댔다

베개를 온몸으로 안았어야 했다

사람 대 사람으로가 아닌
마음으로 마주하는 일

털이 조금씩 자라나고 있었다
〉

마음을 가진 누군가가
베개에 흡입된 것처럼
나의 몸속으로 다가와서는

편안함이 무엇인지 제대로 알려줄 게

온몸에 입을 맞대고
해가 중천에 뜨고 나서야
털이 되어 돌아갔다

턱을 다시 만져보는 나 밑에서
당신이 곯아떨어졌다

날개 기르기

기다리지 않아도 겨울을 온몸에 두른 날이 오기 마련이다

코트 밖으로 네가 삐져나올 때
우주로 돌려보낸 슬픔은 자전할 수 없다는 걸 알아서

빗방울이 태어나는 구름 아래에선
등을 하얗게 내민 아이들이 수건돌리기를 한다

왜 이렇게 닦을 곳들이 많을까

닦으면 닦을수록
몸이 거대해지는 마술

나이도 한 살 더 먹었으니
그만큼 허기진 마음을 계속 놔둔다면
가슴이 크게 생기는데

그건 마치 비가 비를 만나는 것처럼
세상에서 가장 아프지 않은 통증인 것
〉

사계절을 다 보낸 너의 몸은 축축해지고

아이들은 서로의 자리를 차지하면서
나이를 점점 먹어가는 중이다

나이가 유일한 아픔이다

맨살

조금만 걸어도 온몸에 열이 올랐다 마음의 병을 얻고
들어선 곳에서 체온을 다시 재고 의사의 진찰을 받았다

주사를 맞고 가라 했다 나는 정상이 아닌 것 같아요 선
생님

팔을 걷는 순간에도
바늘이 오락가락했다, 혈관을 못 찾겠다는 선생님의 마
음 덕분에

얼마나 많은 피를 뽑아야 할까
생각하는 나의 맨살은
혈소판의 도움을 받기도 전에 피멍을 냈다

덕분에 발가벗은 기분이었다
옷을 입고 있어도

가방을 다시 메며 등을 가렸다 더 천천히 걸어 나갔다
등이 축축해졌다 결국 땀띠가 났지만, 생각보다 아프지

않아, 중얼거리며 밖을 나왔다

　나의 속살은 중천에 떠 있는 해처럼 사람과 계속 마주
쳤다

　너 되게 약한 사람이구나, 이 소리만큼은 듣기 싫어서
약국에 들어가 약을 탔다 불안에 도움을 주는 약이라고
하지만 사실상 잠이 더 오는 부작용이 있는 약이었다

　너 그 입 다물라고
　약한 사람 온 세상에 널리고 널렸는데
　널린 만큼 약하고
　아픈 티 좀 내지 말라고
　선생님은 내게 말하는 것 같았다

　옷을 다시 갈아입어야 하는데
　알몸으로 온종일 서 있는 기분

　혈관이 잘 안 보이는 맨살 위에 피켓을 들고 길거리를

돌아다녔다 나 지금 너무 아픈데 세상 사람들이 나 아픈
걸 인정해주지 않는다고

　나를 보는 사람들보다 보지 않고 가버리는 사람들이 더
많았다 나는 조금만 걸어도 혼자였다 마음의 병을 다시
얻고 들어간 곳에서 체온을 다시 재고 의사의 진찰을 받
았다

　너는 아무리 봐도 정상이 아닌 것 같아요, 네 선생님 맞
아요. 드디어 저를 인정해주셨군요.

　팔을 걷는 순간에도
　얼마나 많은 피를 뽑아야 할까
　생각하는 맨살은 얼어버렸다

　아직도 바늘이 들어갈 구멍을 찾지 못했다 나는 또다시
기회를 얻었다 정상이 아니라는 걸

존재물음, 해체와 접속
― 이충기 시집 『최소한의 안녕』 읽기

오민석(문학평론가 · 단국대 교수)

1

하이데거는 존재에 대한 일상적이고도 '평균적인' 앎을 "존재이해"라 불렀다. 그에 의하면 존재이해는 "분명치 않고 막연하며, 그저 단순하게 단어만 알고 있는 것과 큰 차이가 없을지도 모른다." 존재를 꿰뚫는 이해는 존재이해로 성취될 수 없고, 오로지 "존재물음"을 경유해야만 한다. 존재물음은 존재이해에서 시작되지만 그것을 넘어 존재의 궁극적인 의미에 대하여 따지고 묻는 것을 의미한다. 그리고 이렇게 존재물음을 던질 수 있는 존재자를 하이데거는 "현존재(Dasein)"라 명명한다. 그는 또한 "자신의 존재에 있어서 자신의 존재 자체를 문제 삼는" 현존재의 존재 방식을 "실존"이라 불렀다. 이충기의 이 시집을 읽으면 하이데거의 이와 같은 존재론, 존재의 의미에 관한 집요한 탐구, 그리고 실존적 삶의 풍경이 떠오른다. 이 시집은 존재이해를 넘어 존재물음의 산탄(散彈)을 계속 날린다. 이충기 시인에게 당연한 것은 아무것도 없으며, 존재에 대한 일상적이고도 평균적 이해는 지속적인 물음의 대상이 된다.

   바람이 또 창가에 부딪힌다
   나는 누굴까?
   귀가 간질거린다
   너라고 가정한 바람 속에서
   또 다시 노랫소리가 들린다
   나는 온몸이 부들부들 떨리기 시작한다
   ―「바람의 기분」 부분

   그는 존재이해의 충위에 머무르지 않는다. "바람"은 그를 계속 건드린다. 바람은 그를 존재이해에서 존재물음의 지평으로 몰고 간다. "나는 누굴까?"라는 질문은 현존재가 존재이해에서 존재물음으로 넘어갈 때, 현존재의 머릿속에서 울려 퍼지는 문장이다. 존재에 대한 모든 "가정"은 안주하지 못하고 바람에 의해 움직이고 흔들린다. 그것은

"노랫소리"처럼 현존재의 머릿속에서 계속 흔들리는 파장(波長)이다. 존재물음이 계속 강타할 때, 존재는 유동성을 넘어 "부들부들" 떨고 흔들린다. 이 흔들림은 존재이해의 일상성과 평균성을 깨고, 존재의 주름 혹은 존재의 움푹한 곳, 갈라진 곳(메를로 퐁티 M. Ponty)을 드러낸다.

나는 뭘 하기 위해서 이렇게 살아왔는가.
뒤늦게 반성하는 사람이 제일 먼저 쓰고자 하는 문장이다

문장은 반성문이 되고 반성문으로 이루어진 문장마다 생각이 담겨져 있다 그것은 굴러 들어오는 돌들이자 물음이다

왜 그렇게 생각하는가?
—「각성한 생각」 부분

"반성문"은 오로지 존재물음을 던지는 현존재에 의해서만 써진다. 현존재는 존재의 의미를 되묻는(반성) 질문을 통해서만 존재한다. '왜 사는가?', '왜 그런 생각을 하는가', 이런 질문들 없이 존재의 의미는 규명되지 않는다. 2021년 〈더 파더(The Father)〉라는 영화에서 80대 치매 노인의 연기로 역대 최고령 남우주연상을 받은 안소니 홉

킨스는, 영화 속에서 '나는 정확히 누구인가(Who exactly am I?)'라는 질문을 던지며 고통스레 전율한다. 이런 질문은 주체가 분열과 해체, 그리고 사라짐을 자각할 때 생겨난다. 존재의 나뭇가지와 잎새가 자꾸 사라질 때, 즉 존재의 온전한 형태(Gestalt)가 조금씩 지워질 때, 주체는 존재의 '의미'에 더욱 매달린다. 이충기 시인의 존재물음은 치매 노인의 그것보다 훨씬 절실하다. 치매 노인의 존재물음이 사후적(事後的)이라면, 젊은 시인의 존재물음은 사전적(事前的)이다. 이런 점에서 현존재의 과거는 "현존재의 뒤에 따라다니는 것이 아니라 언제나 현존재에 선행한다"는 하이데거의 지적은 옳다. 실존적 현존재는 사건이 일어나기도 전에 "물음이라는 투명한 지침"(하이데거)을 던진다. 현존재는 존재의 위기가 발생하기 훨씬 이전에, 지금까지의 삶(과거) 혹은 존재이해를 토대로 존재물음을 계속 던진다.

오늘 며칠째 목욕을 하지 않았던 너의 세계는 차가 지나가도 무의미하다 도로 한가운데 바리게이트가 설치된 이후론 아무 얘기도 하지 않고 발만 동동 구르는 운전자의 뒤태가 아주 쉽게 보인다

　운전면허증 왜 땄니?

… 스무 살 되면 다 따던데요

정말 의미 없고 부질없는 날들만 너의 뒷목을 잡을 것 같다
　　—「모르는 일」 부분

존재물음은 이처럼 의식이 삶의 무의미와 부질없음을 포착할 때 생겨난다. 지나온 시간을 "정말 의미 없고 부질없는 날들"이라고 자각할 때, 과거는 존재의 "뒷목"을 잡는다. 말하자면 평균적 존재이해에 "바리게이트"가 설치될 때, 존재이해는 울혈 상태가 되고, 존재자는 발을 동동 구르며 존재물음을 던지기 시작한다.

2
　이충기의 존재물음은 매우 근원적이다. 그는 온전하고도 완성된 형태를 신뢰하지 않는다. 그에게 있어서 게슈탈트는 존재이해의 그림자에 불과하다. 간단히 말해 그에게 있어서 게슈탈트는 허상이거나 이상(理想)이다. 이상은 아직 오지 않은 것이므로, 그는 허상으로서의 존재이해에서 사유를 시작한다.

모래를 사랑하는 아이가 있다

그는 죽지 못해서 안달이 난 사람처럼 항아리 속에 들어간다 다리를 뻗을 수 없게 작은 틈도 허락하지 않은 곳이 항아리이기 때문에

몸에 두툼한 슬픔을 지고 있는 그는 눈을 비빈다

눈에서도 모래가 등장한다

모래를 씻어내기 위해 잠시 밖으로 나온 그의 얼굴은
반쯤 사라지고 없다

햇빛이 그를 관통할 때마다

산산조각

떠돌고 있는 그의 마음이
이름처럼 다시 뚜렷해질 그 순간을 기다리며

항아리 속으로 다시 들어간다
——「항아리에 모래를 가득 넣었다」 전문

이 시는 바스코 포파(Vasco Popa)의 「상자」 연작시를 연상시키는 초현실주의적 상상력을 보여준다. 이충기는 핍진성의 문법을 조롱하는 분방한 상상력의 소유자이다. 그는 시가 "일상 언어에 가해진 폭력"이라는 야콥슨(R. Jakobson)의 명령을 충실히 따른다. 그래서 일상 언어의 문법에 갇힌 독자에게 그의 시는 난해하며 도발적으로 보일 수도 있다. 그러나 일상 언어를 교란하지 않을 때 시적 언어는 없다. 위 시의 "그"는 완성된 형태를 가지고 있지 않다. 그는 모래처럼 해체되어 있다. 얼굴이 "반쯤 사라지고 없는" 그는 "항아리"의 어둠 속에 갇혀 있다. "햇빛"은 어둠을 지우고 "산산조각" 난 주체를 "뚜렷"한 형상으로 만드는 어떤 힘이다. 이충기 시인은 이렇게 해체―접속―상상의 게슈탈트를 오가며 존재의 주름을 읽는다.

이 시집에서 가장 자주 반복되는 단어들은 "거울"과 "종이"(혹은 "공책", "백지", "글자", "문장")이다. 이는 이충기가 얼마나 깊이 존재물음에 몰입하고 있는지를 잘 보여준다. 거울은 자기 성찰의 도구이며, 종이와 그 유사어들은 존재물음의 결과에 언어의 옷을 입히는 작업과 연관되어 있다. 이런 단어들이 가장 자주 등장한다는 것은 존재물음과 그것의 언어화가 이충기 시인의 핵심 과제임을 알려준다.

가위로 종이를 오렸다가 다시 붙이는 과정을 사랑이라고 한다면
나는 얼마나 많은 시행착오를 손으로 겪었나

손에서 비린내가 났다 코를 가까이 댈 때마다
눈이 빨개졌다
내가 바라보는 종이는 다 거울 같아서
빤히 보고만 있는데도

가끔은 흔한 내 이름을 듣고만 있자니 짜증나서
빨간색으로 종이를 마구 더럽히곤 했는데

종이 속에서도 창문이 그려졌다
창문 밖으로 무언가가 쿵! 떨어졌다
급히 창가에 기대어보니
땅이 다 갈라질 정도로
이름만 남기고 간 소녀의 몸이
빨갛게 부어 있었다

나는 다시 태어난다면
이름 모를 소녀로 불리고 싶다고
입에 거품을 물면서까지 얘기했다

몸 곳곳을 자르다가 다시 붙인 시간을

사랑이라고 부른 대가로

— 「사랑이 내린다」 전문

    이 시의 전문을 인용한 것은 이 시가 이충기 시인의 시적 작업의 '전모'를 보여주고 있기 때문이다. 그의 존재물음의 전략은 해체와 접속이다. 그는 지속적으로 존재를 자르고(해체) 붙인다. 자름은 질문이고 붙임(접속)은 소망이다. "흔한 내 이름"은 존재이해의 평균적 인식이다. 그가 그것을 자르고 뭉개는("마구 더럽히곤") 것은 상투적 존재이해에 존재질문의 화살을 계속 날리는 행위이다. "종이"를 오렸다가 붙이기를 반복하는 행위는 존재를 언어의 집에 넣는 과정이다. 그는 자신이 오리고 붙인 종이를 "거울"처럼 바라본다. "언어는 존재의 집이다."(하이데거) 이충기는 주체가 기호(sign)의 형태로 존재함을 잘 알고 있다. 그러므로 그에게 있어서 모든 존재물음은 종이에 문장의 형태로 기록된다. "사랑"은 해체된 주체의 파편들이 접속을 통하여 온전한 형태에 이르는 과정이다. 그것은 과거도 현재도 아니며, 소망의 시간대, 즉 미래에 존재한다.

    집 안에 들여놓은 거울 하나조차도

깨뜨리지 못하는 나는
나만 비추는 걸 볼 때면
생각이 많아져서
내가 나를 죽이려드는데
다시 화장실로 간다
…(중략)…

나를 바라보는 저 얼굴은 소름 끼치도록 똑같은데
왜 나는 쟤를 바라보고만 있는 걸까
세 명 만나야 죽는 것일까
그렇다면
거울을 세 개 더 구비해야 하는 걸까

반쯤 금이 간 거울 앞에서
동전을 또 떨어뜨린다

…(중략)…

나는 죽기 직전까지 혼자일 거란 생각에
집 안에 있던 거울을
모조리 깨뜨린다
— 「부활」 부분

거울을 바라보고, 깨뜨리는 것은 "소름 끼치도록" 동일한 존재의 그림자 때문이다. 존재에 대한 상투적 이해는 동일성의 반복이며, 그것은 존재에 대한 가짜 이해이다. 그러므로 화자는 가짜 게슈탈트를 계속 해체한다. 이 무수한 해체의 작업은 그러나 늘 '접속'(사랑)을 예비하거나 고대한다. 이 시는 새로운(!) 해체와 접속을 통해서만 온전한 주체의 탄생("부활")이 가능하다는 성찰을 보여준다. 시의 전문이 해체의 고통스러운 과정을 이야기하면서도 제목이 "부활"인 것은 바로 이런 이유 때문이다.

눈을 질끈 감고, 다시 떠 보면
개미가 또 보였다

죽음을 쉽게 생각해본 적이 없는데도
내 손으로 직접 죽음을 일궈내는 감각

죽일 타이밍을 놓치면
떼로 몰려드는 개미를 볼 수 있다
다 내 몸에서 나온 것들이므로

손톱을 깎고

발톱은 깍지 않고 내버려둔다

개미처럼 또 언젠가는 자라면, 헤어질 테니까
— 「Working」 부분

'현재'의 개미를 죽이는 것은 존재물음을 중단하고 존재에 대한 앎을 존재이해의 수준에서 멈추는 것이다. 그럴 경우, "떼로 몰려드는" 주체의 풍경을 볼 수 없다. 화자는 살려두어 무수히 몰려드는 개미들을 "다 내 몸에서 나온 것들"이라고 말한다. 그의 존재물음은 이렇게 무수한 주체, 복수적 주체 만들기에서 시작한다. 그의 해체 작업 때문에 자라나는 존재는 완성되지 않고 다시 "헤어"진다. "눈을 질끈 감고, 다시 떠 보"는 행위는 계속해서 존재에 관하여 다른 물음을 던지는 행위이다. 그럴 때마다 새로운 존재가 보인다. 물음의 수만큼 존재는 "떼로" 해체된다. 이 방대한 해체물들을 조합하고, 접속하는 과정이 존재물음의 지난한 길이다.

3

존재물음이 없이 존재의 심연을 들여다볼 수 없다. 이충기는 자청하여 자신을 지우고 해체하며 그 파편들을 훑는다. 그의 의식은 존재의 째지고 패인 부분, 존재의 주름을 따라 움직인다. 그는 주체의 분열과 죽음을 자초하며 존재물음의 길을 간다.

　　나는 한순간에 자기 이름을 잃어버렸다
　　밧줄로 내 목을 묶어놓고 떠난 사람 덕분에

　　나 언제 태어났어? 몇 살이야?
　　물어볼 틈도 없이
　　도끼로 지나가는 사람 발바닥을 찧고 싶다는 생각이 들었다

　　내가 서 있는 곳마다 사람들은 도망가기 때문,

　　빨간 신호가 온 주변을 얼어붙게 하는 도로 위에서
　　목구멍에 가시가 돋은 나는 조만간 차에 치였다
　　　　　　―「목구멍에 가시가 돋으면 눈물이 나와」 부분

　　이 시 역시 일상의 문법을 분방하게 일탈하며 시적인 미장센을 만든다. 그는 매 순간 "자기 이름"을 지우고, 잃고, 해체한다. 단일성의 논리를 해체하는 니체를 '도끼의 철학자'라 부른다면, 이충기 시인은 "도끼"의 존재물음을 던

지는 자이다. 그는 동일성의 그림자를 늘 도끼로 "쩧고" 싶어 하는 시인이다. 질문을 허락하지 않는("물어볼 틈도 없이") 언어 게임("얼어붙게 하는 도로")에서 그는 늘 "차에 치"인다. "조만간 차에 치였다"라는 문장에서 '이제 곧 다가올(조만간)' 도래할 미래와 이미 '치였다'는 과거는 공존한다. 그러나 과거와 미래의 공존은 모순이 아니다. 그는 크로노스(Chronos)의 시간을 해체하고 그것을 카이로스(Kairos)로 대체한다. 카이로스에서 시간은 선적(線的)인 순서를 상실하고 질적인 기회로 전화된다. 그가 하는 해체—접속의 작업도 기계적인 컨베이어 벨트 위에서 이루어지지 않는다. 그것은 순서를 넘어 동시다발적으로 날아가는 산탄 같다. 이런 작업을 하지 못할 때 그의 "목구멍에 가시가 돋"는다. 그렇다면 그는 무엇을 기다려 이런 고통의 작업을 수행하는가.

우리는 우리의 얼굴이 아니라
보이지 않는 자태를
사랑하는 거예요
　—「고통은 우리의 고백 - 르네 마그리트의 연인들」 부분

존재물음은 존재의 '현상'을 향해 있지 않다. 그것은 존

재의 움푹 들어간 곳, 패여서 보이지 않는 곳, 존재의 깊은 주름을 향해 있다. 그는 눈에 보이는 "우리의 얼굴"이 아니라 "보이지 않는 자태"를 찾아 계속 물음을 던진다. 그의 비일상적인 상상력, 물리적 현실을 뛰어넘는 시적 풍경, 적극적인 일탈들은 모두 이처럼 숨어 있는 존재의 계곡을 더듬기에 유용한 시적 전략이다.

최소한의 안녕

1판 1쇄 발행	2021년 8월 23일
지은이	이충기
발행인	윤미소
발행처	(주)달아실출판사
책임편집	박제영
디자인	전형근
마케팅	배상휘
법률자문	김용진
주소	강원도 춘천시 춘천로 257, 2층
전화	033-241-7661
팩스	033-241-7662
이메일	dalasilmoongo@naver.com
출판등록	2016년 12월 30일 제494호

ⓒ 이충기, 2021
ISBN 979-11-91668-08-7 03810